小池田薫詩集

ひだまりの午後

KOIKEDA KAORU

イラスト●――花岡ひかる
装　丁●――西田デザイン事務所

目次

ひだまりの午後

I

秋なすび

秋涼し手毎にむけや瓜茄子　　芭蕉

突き刺した箸をそれぞれに裂いて
半身に一本の箸を刺してさらに裂く
四つにひき裂かれた
塩なすび
漬かりすぎてすこし酸っぱい
味の素をふりかけて
醤油をひとふり
紫色の艶やかな皮に歯をたてると
きゅっと軽い抵抗のあとに
やわらかくしろい果肉に届く
噛みしめると塩くどい皮とやさしい果肉が

口の中をみたす
夏の祖母の味だ
暑い暑い夏の夕方の味だ

来年も再来年も同じのはずなのに
来年も再来年も来ないかもしれない
永遠だと思った暑さがふいによわまる
実り落ち朽ちる
祖母の手はほちゃほちゃして
そっと死を忍ばせている

親の教えとなすびの花は万にひとつも嘘はない
紫色にうすく染まった親指をしょっぱくしゃぶった

ばあちゃんのにおい

さくら色のズロースとボアシーツが洗濯機の前
うずくまっている姿は
八十二歳のばあちゃんの背中
嫁さんにも孫にも内緒でそっと後始末をしている

うすくただよう粗相のにおい
棒茶をわかした湯気のにおい
仏壇にお線香をあげたにおい

いったりきたりするうちまざりあって
ばあちゃんのにおい
ばあちゃんのにおいはうちのにおい
うちのにおいは

フローラルブーケのボディーソープを泡立てて
かくしていたにおい

腋の毛も陰毛もにおいを発散させるためにあるんだ
男が鼻を擦りつける

わたしのにおい
わたしのにおいは

ねぇ　どんなにおいがするの

冷たい雨の降る日に

花びらのすじに沿ってひとはけ薄紅を塗ったような
ゆりがひとつ咲きふたつ咲きみっつ咲き
最後のゆりが咲いた日
最初のゆりがばらっとおちた

その日は朝から冷たい雨が降っていて
翌日の夕方にあられにかわり夜には猛吹雪
その後三日三晩降り積もった

ねえ　おおきいばあちゃん　ねんねしてるね
そう　ねんね　ねんね　ね
もう　ばいばいね
そう　ばばいー　ばばいー　ね

言われるがままに合わせた手を耳のよこに首をかしげ
みかんを握ったような手をぐるぐるまわす
棺の窓をしめようとするとあけろと言う
あけたりしめたりあけたりしめたり
この子なりのお別れをする

そのままにしておけば腐敗が始まることは
理屈としてわかっている
ふんわりと横たわる姿
おでこに手のひらをあてるとぴたっと吸いつくようで
ほほにあてた手にはやわらかなふくらみ
でもその手にはもう
奥底からわいてくるような体温はなかった

ひとのなきがらはたった五千円で焼かれて
ひとひとりの記憶も灰になった
忍耐も辛抱も冬の曇天に消えた

まっしろな遺骨
箸の先でつつくと頭蓋骨は
簡単にわれてしまった

からだを失って
今はまだあの世とこの世の狭間を漂っている
間もなくこの世から自由になって
重い引き戸を
クリーム色のカーテンを
南西に向いたベランダの窓を
ふうわり軽やかに通り抜けて
早春の空に
惜しむだろうか
悔むだろうか
懐かしい人たちとの再会に心弾ませるだろうか
薄暮の台所でひとり包丁を握る

居間につづくドアが音もなくひらく

花びらとおしべがおちたゆりは
めしべだけになった
やがて残りのゆりも張りを失い
だらしなくしなびていく

朝が動き出すから

ふくらみ出たしずくを
くちびるですくう
ひとみのない目が
わたしをじっとみつめる

とぎれそうな緊張を両手でつつみこむと
指のはらにふれる脈動
声帯を持たない一憶のささやきが
共鳴する

まぶたを閉じると
つきあがるまたたき
ちりぢりちりぢりと

はじけては果てゆく

幾万年の潮路の末
暗くゆたかなぬくみで
出会う
記憶

カーテンのむこう
気配
海底のような朝
かすかな寝息

古からあまねくくり返されてきた
いとなみ
その頂きにひとり
宿ったひかりを手のひらに感じている

すきまなく強く
涙くらいはかなく
波のように絶え間なく
確かに

すべからく与え育み
殺意さえひき受け
朽ちてゆくのを待つのみの
いのち

カーテンのむこう
気配
覚醒してゆく朝に
身をのり出す

折ったひざを半身で抱え
あらがうすべを知らずに

ただよう
唯一の体温

おいで迷わずに
のばした腕のここまで
もうすぐ
朝が動き出すから

しあわせのみず

黄金色の肌に
テーブルナイフをすべらせると
ひと呼吸ごと
乳白色の果肉があらわになる

あなたは背筋をのばして
黙ったまま
ひざの上に
にぎりこぶしをつくっている

切り子の器に盛られた
水菓子が
黒文字を背に刺して

父の視線を一心に集めている

シャリ　ショリ　シャコリ
下手くそな輪唱のように
晩夏の居間に
ひびく

おそい午後
手みやげは
故郷から届いた
幸水

噛みしめるたびに
ささやかな抵抗をあっけなく崩して
口の中を
果汁で満たす

甘いね
みずみずしいね
歯ごたえがいいね
おいしいね

シャリ　ショリ　シャコリ
しあわせのみずという名の果物
なのに
なんとなくふしあわせ

シャリ　ショリ　シャコリ
咀嚼音が
さびしくかなしく
調和します

しあわせなはずなのに

ひとひとり

子供が殺された
理不尽に我子を奪われる無念
ひとがひとを殺せる現実

子供が殺した
我子を殺人者にしたのは自分
子供に殺された
自業自得

ひとひとりひきうけること

子供を殺した
ひとごとではない

冷えた重い布団の下
隣りに眠るひと
つめたい足をあたためあって
終える夜

宿すことを拒んで
つなぐことを拒んで

半夏生《はんげしょう》

実りすぎて
期限がきて
廃棄されるように
食べて
寝て
性交する
わたし

喧噪がしずんでくる午後
考えることをやめても
感じることをやめても

死にたいひとがいて
死ねなかったひとがいて
死んだひとがいる

重なりあって揺れる葉々が
あいまいな木陰をつくっている
ぬるい風がふくたびに
芝生に木漏れ日が落ちる

考えることをやめても
感じることをやめても
わたしは
多分
生きていくんだろう
それなりのやすらぎ

今日もバスに乗れなかった
だらしなく手足を伸ばして空をあおぐ
白いシャツが汚れたって
かまわない

人工的な初夏

そうして
わたしもいつか
この地に命をつなぐのだろうか

しあわせですか

しあわせですかと尋ねる人がいて
しあわせですとこたえる
のうてんき世間知らず鈍感だって言われても
しあわせは気まぐれで我がまま
放っておくと拗ねてしまう

番茶のかおる台所
かごに盛られたみかん
洗濯機が調子よくまわっている
アジアンタムはふんわりと繋っている

ふしあわせの種は探さない
芽生えたらつんで
実がなってしまったら
食べてしまおう
痛むかもしれないけれど
死にはしない

窓を開けると冬が入ってきた
息がしろい
首筋から体温がうばわれて
指先がつめたい

おんなはふしあわせを食べて生きてきた

しあわせですかと尋ねる人がいて
ふしあわせとこたえる方があたりさわりがないけれど
ふしあわせはしたたかで

嘘を本当にしてしまう

しあわせですかと尋ねたら
しあわせですとこたえる人がいる
のうてんきで世間知らずで鈍感だから
今日もとってもよい天気

おんなは胎動を感じている

夏の日の夕暮れ

昭和二十年一月土地のひとの手を借りて
ひとり出産
五月帰路につく
道中に敗戦
収容所に入れられる
誰かれかまわず身をよせて
泣きじゃくる乳飲み子と我が身を
ロシア人兵士から守った
翌年五月引き揚げ船に乗る
同郷のコックから食べ物を分けてもらった
佐世保で乾パンをもらって汽車に乗る
車窓から見た広島は一面焼け野原だった
二十二歳だった

赤紙は満洲にも届いた
関東軍へ入隊
泥水の上澄みを飲み
肩に銃撃を受けた
そして敗戦
ロシアの捕虜
シベリアで強制労働
三年後栄養失調で帰国
子は父がわからず泣いた
二十九歳だった

ふたりは生まれが裕福で
戦中も貧乏することなく
結婚後満州に渡っても
暮らしぶりはよかった
ふたりにとっての
戦争は
敗戦に始まった

すべてが裏返った

ふたりがつなぎ守った命は
わたしにつづき
ひとりは老衰で死に
ひとりは老衰に身をまかせている
わたしは今
ＩＨで番茶をわかし
サイクロンで掃除して
洗濯から乾燥まで全自動
排卵日お知らせ機能付きデジタル基礎体温計をくわえている
そして
生きるのが下手な人と
生きるのが嫌な人と
生きるのが面倒な人と
生きていてはいけない人と
生きている

確かなのは淡々と繰り返される
朝のゆううつと夕の疲弊
ぼやぼやとした日常

祖父は帰ってきてからろくに仕事をせず
食えなかった反動で
まるまると太り酒をのみ
祖母を殴った

生はしたたかだから美しく
残酷だから尊く
醜いほどにしぶとくやっかいで

祖母が家計を支えて曲がった指で猫をさする
はな　はな　と猫を呼ぶ
猫は大きなあくびをひとつする

蒸し暑い夏の夕暮れ

曲がった指

大切にしているがまぐちにはぼろぼろになった紙っきれ
五月って言ってたのに
日付は九月だ

ばあちゃんの記憶は雪どけのように
少しずつとけて流れている

　ぺこちゃんのおにんぎょさんもちゃんとパンツはいとる

わたしに見せようと
嬉しそうに
景品でもらった人形のスカートをめくる

どんどん身を軽くしていく

ロスケなひるま、わかい女なおらんか下見に来て
よる、われことするがに連れに来るがやぁ

とけも流れもしない記憶
必死にかき集めても
わたしの中では生きられない

初夏の晴天
閑散とした記念公園から
小さな港にぽつんと建つ記念碑と入道雲のような新緑が見える
ここから七キロ歩いた先が引揚者援護局
今はハウステンボスになっている

ばあちゃんの
がまぐちと
ぺこちゃんのお人形さんと
曲がった指

わたしは戦争を知りません

戦争ってなんですか

父が生まれた年　日本は戦争に負けて
翌年　戦争の放棄を掲げた
だからわたしは戦争を知りません
戦争は教科書の中の
テレビのむこうの出来事
満州で戦った時に鉄砲に撃たれた痕を自慢げに見せてくれた祖父は
七年前に死にました
父も母も戦争を知りません
そして

わたしは戦争を知りません

戦争ってなんですか

人間の歴史は戦争の歴史
人間は安泰に長く耐えられないのかもしれません
戦争のない日本が生んだのは
引きこもる男　生まない女
女を放棄した女　男を辞めた男
育てられない親　殺人鬼の子供
自殺者は三万人
死にたがる人々　生きられない人々
そしてわたし
増えすぎたら自滅するのが人間の本能なのかもしれません

戦争ってなんですか

戦争を放棄するということは
他国に攻め込まれたら抵抗せずに死ぬことだと信じていました
そして
その時は一番大好きな人と一緒にいたい
混乱の中でも必ず見つけ出して手を握り恐怖に震えながら最期を迎えるのだと
思っていました
死の淵で見あげる空はどんなだろうと考えると怖くなって
でも一番大好きな人と死ねるのならしあわせだろう
戦争をするよりずっとましだと
思っていました
これが日本が掲げた
戦争の放棄だと思っていました

戦争ってなんですか

わたしは戦争を知りません

暑い夏

息がとだえた赤んぼに乳をふくませていた母さんは
もうどれだけものを食べていないんだろう
動かなくなったわが子をさらして背負って
どれだけ歩いていくんだろう
形をくずしはじめる子に鼻をおしつけ
自らも力つきただろうか
髪をばっさりおとし顔に泥をぬって
しがみつくようにすがりつくように
生きただろうか

亡骸となった母さんの乳房を吸っていた赤んぼは
かたく冷たくなっていく母さんの体に抱きついて
力なく泣いただろうか
必死の泣き声も誰かにふさがれてしまっただろうか

暑さにも飢えにも抗えず
母さんと朽ち果てただろうか
拾われて別の人生を生きただろうか

そんな母さんと赤んぼがどれだけいたんだろう
あっちにもこっちにもあそこにもむこうにも隣にも
昨日も今日もさっきも明日もたった今も

それでも船にのった母さん
それでも船にのれた赤んぼ

今どうしていますか

おっぱいをせがむわが子と乳をやるわたしにも
暑い夏がやってきます

今どうしていますか

Ⅱ

着　床

眠るのも食べるのも歩くのも
わたしの意思ではない

幾度となく
汗と涙と唾液をしたたらせて
「わたし」はすべて吐きだした

三十六度
気温も室温も体温も同じに保たれて
わたしは固くふくれた乳房のついた
宿主となった

乳房

ぬるめに入れた湯につかる
水ふうせんのような乳房がふたつ
おおきく黒ずんだ乳首がふたつ

親指とひとさし指と中指で乳首をつまんで
ゆっくり押しつぶす
少しずつ紙縒《こより》をよるようにもみずらす

固くしまっていた乳首がやわらいで
ぽろぽろと垢がよれる

手のひらをひらいて乳房をおおきくつかみ
もう一方のひじを真横につきだし
指が上を向くようにその手に重ねる

ゆっくりと十分に力を込めて
ひじを上下に動かす

たっぷりとふやけた乳首の先にぽつぽつと
しろく濁ったしずくがふくらみでる

この乳房を幾人がもんだか
何度吸われたか
虚しさに似た快楽
飾りにすぎなかった
乳房
今はただ
女を盗り上げ母をあてがう

わたしは
したがうことからも拒むことからも
最も遠いところにいて
すべてを
生まれてくる命にゆだねている
やわらかくほてり
うすく色づいた乳房は
蜜のつまった果実のように
ほっこりと湯につかって

しゃぶりつかれる瞬間を待ちわびている

ひだまりの午後

ひくく差し込むようになった西日が
部屋のおくまで届いて
ひだまりの午後です

レースのカーテン越し
やわらかい日差しがソファーをつつんで
洗濯物のベランダからは風がそよいでいます

ぽかぽかうとうと横になると
ぽこりぽこりと動きだすのが
あなたです

ひとと呼ぶにははかなくて
人間と呼ぶには未熟だけど
あなたは命です

あなたにつないだ命には
無数の命がつらなっています
あなたは命の先端

無数の死が命をささえるように
あなたの命も死がささえています
あなたは死が築いた頂

日が暮れて一日のざわつきがしずまる頃
ふたり手のひらをあてて
元気なあなたを確かめます

どんな子が出てくるのかなと
思いをはせます
母となり父となる頼りなげな準備です

あなたの命が
どんなかたちをしていても
どんな色をしていても
どんな軌跡をたどるとしても

母となり父となるひそやかな覚悟です

不謹慎を詫びながら

初潮とか
初めてのキスとか初体験とか
結婚とか
出産とか
たいていのひとが経験する節目を
少し遅れて経験して
こんなもんかと思いつつ
そのたび
人並みにならんだことに内心ほっとした

いま娘は五ヶ月間近

おっぱいをたくさんのんで山ほどうんちをして
ころころに固太りだ
授乳後一時間半
乳首のあたりがきゅーっとしてきた
はやくおっぱいをあげないと
かちかちに張ってしまう

喪服を着て数珠を手に
長いお経を聞きながら
落ちつかない

喪主は白髪まじりの
彼女の息子さん
先程声を詰まらせながらご挨拶された

いつか娘も
「生前は母がお世話になりました」なんて

涙ぐんで挨拶したりするのかなあ

そしてわたしは棺桶の中で
そんな娘を横目に
こんなもんかと
ほっとしたりするんだろうか

手前勝手な妄想の不謹慎を詫びながら
おっぱいがほしいとぐずっているんじゃないかと心配しながら
笑顔の遺影をじっとみつめた

谷かずえさん※の遺影をじっとみつめた

※谷かずえさん　石川県の詩人・故人
詩と詩論「笛」、総合文芸誌「金澤文學」に於いて、
詩作、評論に活躍。

しあわせなわたし

お母さんお母さん
ねぇ
お母さん
おっぱいちょうだい
お母さん
だっこしてだっこして
ねぇねぇ
お母さん
早く早く
ねぇ
お母さんお母さんお母さん

まだもの言えぬ子が
お母さんを呼ぶ

ぐずぐずと泣いて
きゃきゃと笑って
口をへのじに怒って
両手をひろげ
まっすぐに
お母さんを追う

ごはん　おやつ　水　寝床　毛布　トイレ
おもちゃ　傘　道化　絵本　移動手段
精神安定剤　二十四時間　年中無休……

誰でもなく何ものでもなく
わたしを呼ぶ
わたしがこの子のすべてを満たす
お母さんという恐ろしくしあわせな
わたし

寝汗

大人になったらかかないようなところからも
玉のような汗をかく
全身を朝露のように濡らして
健やかな呼吸音をならしている

発汗して体温を下げて眠りに入る営みが
わたしの左腕でくりひろげられる
子どもはなぜ
こんなにも命なんだろう

八十年分の朝と戦う力と
七十億の人々を仲間と思える心と

世界を踏破する足を
わたしは授けることができただろうか

むき出しではかないのに
たくましくあつい
命のかたまりから
汗

しあわせな時間もそうでない時間も

鉛筆にたとえると
母の時間と娘の時間とわたしの時間は
Hだろうか Bだろうか
性能のよくなったmonoなら
消してくれる　あとかたもなく
記憶は都合よく事実を上書きするから
くるしかった
うとましかった
うらめしかった
ひとりじゃなかった
わたしの
しあわせな時間とそうでない時間は

ひとつぶの山椒
ふるさとを離れる新幹線は
びりびりと痺れる
かがやき
立山連峰と日本海の間
母の時間と娘の時間とわたしの時間
それぞれの濃さで
それぞれの太さで塗りつぶす
しあわせな時間もそうでない時間も

日曜日のさくらとカレーライス

日曜日のさくらはぽっかりと開いて
よく晴れている
空いっぱい両手をひろげ
冬を吐き出している

大切な何かを守るため
たくさんの手のひらを丸く重ねたような
たまねぎ
ざくりざくり包丁を入れると
辛い汁が血しぶきのように飛び散るから
わたし　泣いてしまった

さくらさくらさくらさくらさくら
さいたらちります

さようならさようならさようなら
さくらの日曜日は
もう会えないひとも
まだ会わないひとも
ひらひらとわたしを横切っていく

多少の痛みも後悔も
みんな煮込んでしまいます
ついでに肩までつかってみようか
ことことことうとうとことこと
大切な何かを守るため
たくさんの手のひらを丸く重ねたような
たまねぎ
すっかりとろりととけ込んで

今晩はカレーライスです

日曜日の午後

あおく透きとおった空
西から東へ抜けていく風
部屋は不快でない程度に片付いていていて
明日まではまだ少し時間がある
屋根瓦がつやのあるひかりを跳ね返して
遠くからまちの喧騒がきこえてくる

もう死んでしまったひと
例えば
祖母は前掛けをして
祖父は自転車に乗って

人参のみそ汁とわたしの小指

台所で左の小指を深く切ってしまった
みそ汁をつくっていたとき

薄く輪切りにした人参を右にたおれるようにズラし重ねて
千切りにする

二〇十一年三月十一日

左の小指から血が止まらなかった
東北の地が揺れて海にのまれた
左の小指がじんじんと痛んだ
翌日はよく晴れた土曜日だった

左の小指を右手で握りしめた
公共広告機構のＣＭばかりが流れた

あの日死んだ人がいて
死ななかった人がいて
わたしがいて
かすかに残る左小指の傷跡

聞き分けのない子供のように

めんくらっていたのに
いつしか日常になり
永遠と錯覚して
目の前にある今を邪険にして
二度と手に出来ない今を
なおざりにして

期限は突然に厳しく切られる
手をのばせばそこにあり
視線をうつせばそこにいて
あがいても逃げられなかった

絆《ほだ》しが
ぷつりと
ぽっかりと
消える

なぜ　なぜ　と自らに問うても
何度ごめんなさいと叫んでも
ありがとうと泣いても届かない
ここにあるのは今

そんなことを嫌というほどくり返して
悔やみ　苦しんで
失った　消えた　自らが捨てた　日々の残像に
すがりつく
聞き分けのない子供のように
秋の日の塵ひとつない快晴に

懐かしいような苦しいような　風が吹く
今ではない今から運ばれてきた気配が
聞き分けのないわたしをだきしめて
聞き分けのないわたしを置いて
行ってしまった

金木犀のかおる日曜日の昼下がり
ひなたにくっきり影がうつる

とうきょうのひと

例年より半月ほどはやく金木犀が匂いはじめた
ここに越してきて四度目
同じ土地で季節をくり返すのは久しぶりだ

とうきょうのひとになるのね
とうきょうのひとになる　か
ダイニングの椅子に座って
新聞をひろげてコーヒーを飲む

地元には両親と弟
弟は定職につけぬまま
両親はわずかな儲けのため家業を辞められずにいる

春と夏に帰省する

片付かず捨てられず掃除の行きとどかないあり様に閉口する
それでも娘は
じいちゃんばあちゃんと喜ぶ

とうきょうのひとになりたいひとがいて
とうきょうについてきた
とうきょうにいてもとうきょうのひとになれるわけじゃない

午前十時、洗濯と掃除を終わらせて新聞を読む
いわゆる主婦が
ダイニングの椅子に座って
コーヒーを飲んでいる

父の悪習

父はアル中だ
たいていいつも飲んでいる
暴れることはないが
言ったことを覚えていないのと
飲酒運転がやめられない

父はバスの運転手だった
勤続四十二年と十ヶ月
嘱託としてプラス五年
無事故無違反でバスに乗り続けた

祖父もアル中だった
ろくに働かずに飲んだくれて
祖母をたたいた
父は高校に行かず働いて
弟ふたりを進学させた

定年退職の日
ねんごろに見送られて
ほくほくの顔で帰ってきた
祖母と母とわたしと弟に
ありがとうありがとうを繰り返した

梅雨明け前の
七月　武蔵野
ホーホケキョと　うぐいすが鳴く
天変地異か気まぐれか
春鳴くものとの思い込みか

長距離勤務の運転手は空き時間に
仮眠をとって休息せねばならない
が都合よく眠れるとは限らず入眠
の飲酒が常習化していたらしい。

父はアル中だ

間もなく蝉しぐれ
調布飛行場へ行き来する飛行機の轟音
葉音と野鳥のさえずり
東京近郊のベッドタウンは驚くほど静かだ

うつくしい手

ほっそりとのびるゆび
たてにながいおんな爪
日に焼けて厚くなった肌にも
おもかげはあって
日曜の朝　先に目が覚めて
のぞいた横顔
むすめのころ
隣のクラスから見に来るほどうつくしかった
まだ先ばかり長かったころの
にぎりしめた
幼い日
おかあさんの
手

厳寒の朝に

朝食の後片づけをしながら
蛇口のステンレスの鏡面にゆがんだ顔がうつる
はなちゃんが死んじゃった
さっき電話で聞いた
はなちゃんが死んじゃった

生まれて間もなく校舎近くのごみ箱に捨てられて
放っておけないおせっかいの手に幾度か運ばれ
片手にのるほどのちっちゃないのちがうちにやってきたのは
初夏のころだった

はなと名づけられ
嫁に行くものひとりを見送り
あの世に逝くものひとりを見送り
時に音もなく現れ
時に隣家のシャッターに閉じ込められ
時に獲物をしとめてどや顔で
まるまるとふかふかとつやつやでしなやかな
あたたかい
十四年間の
いのちだった

玄関を入って右の座敷の仏壇の前
やわらかなブランケットにくるまれてはなはねむっていた
前後の脚を横たえて半身を上にして
はなはつめたくかたくなっていた

すってはいて

ふくらんでしぼんで
ときどきにゃあと鳴いて
いとおしい営み
生きている証
呼吸が
止まった
記録的な寒さと雪に見舞われた冬
厳寒の朝

自分についての覚書き

二十七歳

手取り十二万円の給料から家へ二万円いれて
残りはほとんどゆうちょ
北鉄のバスは
暮れていく工業試験場と県立中央病院を経由して
わたしを正しく香林坊まで送り返した
いつも折れそうだったり負けそうだったりした
寝ることだけが楽しみなのに
朝になるのが嫌で
ヤスブンで買ってきた紙パックのワインをのんだりしていた

三十二歳

見知らぬ土地に連れてこられて
築二十三年の七〇四号室で暮らすことになった
怒鳴られるのが仕事だったのに話す相手がいない
ひまだったからウイメンズクリニックとフィットネススタジオに
通ったら妊娠した
妊娠したら出血とつわりでフィットネススタジオに行けなくなって
黄色い合皮のソファーにうずくまって安定期を待った
歩けるようになったら
一日二時間歩くように言われて
ひたすら歩いてすごした

三十七歳

なにをしていたか
おぼえていない

四十二歳

料理はきらいだけど掃除と洗濯が好きなところが
死んだ祖母にそっくりだと気付く
かつてわたしを追いつめた仕事に再びつき
月十日仕事して九万三千円をいただく
両親の介護に備えてゆうちょ
自転車をかっ飛ばして半径二キロメートルを縦横無尽
折れているひまはない
勝ち負けに関心はない
老眼が軽く始まり白髪が増え経血が減った
平均寿命の半分あたり
大丈夫
あとは下るだけ

あとがき

詩集「二十一歳の夏」から十五年、長いトンネルを抜けました。

この詩集はわたしの十五年です。

冒頭の詩は、二〇〇五年ビエンナーレいしかわ秋の芸術祭「現代詩で綴る『おくのほそ道』加賀の芭蕉」にて、芭蕉の句とのコラボレーションに挑戦した時のものです。その他は詩と詩論「笛」、詩誌「紙子」そして、福間健二氏の詩塾「福間塾」で発表したものです。

「笛」のみなさんは、書けないと開き直るわたしを見守ってくださいました。「紙子」の萩原健次郎氏は、金沢に引きこもっていたわたしを外へ引っ張り出してくださいました。「福間塾」のみなさん、みなさんがいなかったら、わたしは今でもトンネルから抜け出せずにいた。

砂川公子さんはわたしの詩の師匠であり詩友であり、わたしの最前線の読手です。

能登印刷出版部の奥平さん、この詩集がなんとかかたちになったのは奥平さんのおかげです。

みなさまに、深く感謝の意を申し上げます。

詩を書き始めたころは、自分を消し去りたい衝動を詩にぶつけていました。そうして今、少なくとも、詩を書いているときはそうでないときよりこころ弾む。わたしは詩を書くのが好きなんだと気づきました。

十五年かかって、やっと。

この詩集はわたしの十五年です。

最後に、この詩集を手に取ってくださったすべての方へ
ありがとうございました。

二〇一九年　二月

小池田　薫

小池田薫詩集「ひだまりの午後」
新・北陸現代詩人シリーズ
2019年3月5日発行
著者　小池田薫
編集　「新・北陸現代詩人シリーズ」編集委員会
発行者　能登健太郎
発行所　能登印刷出版部
〒920-0855　金沢市武蔵町7-10
TEL 076-222-4595
印刷所　能登印刷株式会社
ISBN978-4-89010-682-0